CH. THURIET

CHANSONS

D'UN VILLAGEOIS

« Le bon Dieu me dit : Chante,
« Chante, pauvre petit. »
(BÉRANGER.)

BESANÇON
LIBRAIRIE CH. MARION

1876

+Y

CH. THURIET

CHANSONS

D'UN VILLAGEOIS

« Le bon Dieu me dit : Chante,
« Chante, pauvre petit. »
(BÉRANGER.)

BESANÇON
LIBRAIRIE CH. MARION

1876

Le Vin du cru

AIR : *Il pleut, il pleut, bergère.*

Pour mieux prêter l'oreille
A mes petits couplets,
Versons cette bouteille
Dans nos grands gobelets.
Qu'on remplisse mon verre,
Même de vin bourru !
Le vin que je préfère,
Oui, c'est le vin du cru !

Vins du Rhin, d'Italie,
Vous chante qui voudra ;
Grand Tokai de Hongrie,
Te boive qui pourra.

Je chante et bois sur terre
Un vin bien moins connu :
Le vin que je préfère,
Oui, c'est le vin du cru !

A tous les vins du monde
Que j'ai pu déguster,
Que j'entends à la ronde
Avec orgueil vanter,
Je le dis sans mystère,
Et d'un air ingénu :
Le vin que je préfère,
Oui, c'est le vin du cru !

Un respectable ivrogne
Ne dédaignera pas
Un verre de Bourgogne,
Après un bon repas ;
Mais, s'il est bien sincère,
Il dira, tout ému :
Le vin que je préfère,
Oui, c'est le vin du cru !

Quand, l'estomac débile,
Je vais prendre les eaux,
Mon docteur, fort habile,
Me prescrit le Bordeaux.

A la santé si chère,
Suis-je enfin revenu,
Le vin que je préfère,
Oui, c'est le vin du cru !

J'aime assez le Champagne,
Qui, même aux plus malins,
Fait battre la campagne ;
J'aime tous les bons vins ;
Mais, ainsi que mon père,
Qui longtemps en a bu,
Le vin que je préfère,
Oui, c'est le vin du cru

Le Cantonnier

Air : *Au clair de la lune.*

Heureux qui sur terre
Va son petit train,
Sans faire mystère
De son gagne-pain.
J'aimerais sans doute
Mieux être rentier ;
Mais sur la grand'route
Je suis cantonnier !

Sans porter envie
Aux autres humains,
Je passe ma vie
Au bord des chemins.

Sur un tas de pierres,
Toujours à genoux,
Je fais des prières
Plus longues que vous.

Quand le chef m'accoste,
A l'abri du vent,
Je suis à mon poste,
Sous mon paravent.
Hardiment je donne
Vingt coups de marteau ;
Mon titre en couronne
Brille à mon chapeau.

Avec soin j'entasse
Mes cailloux cassés ;
Si peu que j'en fasse,
C'est toujours assez.
La raison m'invite
A prendre mon temps.
N'allons pas trop vite,
Pour aller longtemps.

Chez nous, rien ne presse.
Un dicton connu
Veut que la paresse
Soit notre vertu.

On sait qu'une goutte
De notre sueur
Guérirait la goutte
D'un vieux conducteur.

Plus d'un pauvre diable
Qui n'a plus de feu ;
Plus d'un misérable
Sans nom, sans aveu ;
Après sa déroute,
Plus d'un boutiquier
Voudrait, sur la route,
Etre cantonnier.

En vain l'on souhaite
Un destin meilleur,
Toute vie est faite
D'heur et de malheur !
Pauvres créatures,
C'est moi qui vous dis :
Les pierres sont dures
Dans tous les pays.

Le Garde-Champêtre

AIR : *Femmes, voulez-vous éprouver.*

Mon père n'avait rien été,
Et moi, je n'étais rien encore.
Un petit brin d'autòrité,
Me dis-je, cela vous honore !
J'ai l'àge de l'ambition.
Voyons, que pourrais-je bien être ?
Je me sens la vocation
D'être... d'être garde champêtre !

Sollicitons cette faveur.
Le maire approuve ma demande.
Si je suis nommé, quel honneur !
Et que ma joie en sera grande !

Je ne sais pas signer mon nom ;
Mais j'en fais la première lettre.
Enfin, j'ai ma commission :
Je suis nommé garde champêtre !

Tout heureux, j'ai prêté serment
Devant le juge, à l'audience,
D'exercer très fidèlement,
Avec honneur et conscience !
Je vois clair ! gare aux maraudeurs !
Gare au berger qui mène paître
Ses moutons dans les prés en fleurs !
Gare ! je suis garde champêtre !

Mais quel tourment, la nuit, le jour,
Pour un salaire si modique !
De chaque habitant, tour à tour,
Je ne suis que le domestique !
Le maire, en signant mon mandat,
Me fait sentir qu'il est mon maître.
Non, ce n'est pas un bon état
Que celui de garde champêtre !

Dans la critique l'on me met,
Si j'ai quelque peu d'indulgence.
Chaque dégât qui se commet,
On l'impute à ma négligence.

D'avoir bu chez le délinquant
Un verre ! on m'accuse peut-être.
Dieu ! quel métier compromettant
Que celui de garde champêtre !

Tel m'en voudra jusqu'à la mort,
Si contre lui je verbalise,
Et si je ne suis le plus fort,
Quel danger par quelque nuit grise !
Pour m'étrangler, oui, l'on viendra
Briser ma porte ou ma fenêtre,
Et le matin on trouvera
Mort le pauvre garde champêtre !

Que j'use mal de mon pouvoir,
On crie, on me fait la grimace ;
Que je fasse bien mon devoir,
On me maudit, on me menace !
Au diable soit l'autorité !
Je veux, ainsi que mon ancêtre,
Mourir dans mon obscurité,
Sans même être garde champêtre !

Le Maître d'École

Air : *Tonton, tontaine, tonton.*

Je sors de l'école normale,
Où j'étais un aigle, dit-on,
Tonton, tonton, tontaine, tonton.
En science grammaticale,
Chapsal ne me va qu'au menton,
Tonton, tontaine, tonton.

En physique, en mathématique,
Je dépasse, je crois, Newton,
Tonton, tonton, tontaine, tonton.
Et sur l'analyse logique,
J'enfoncerais même Platon,
Tonton, tontaine, tonton.

Mon imperturbable mémoire,
Retient jusqu'au moindre dicton,
Tonton, tonton, tontaine, tonton.
Sur le pouce je sais l'histoire ;
Thiers n'est pour moi qu'un avorton,
Tonton, tontaine, tonton.

Mon traitement n'est pas modique ;
J'ai trois fois plus qu'un piéton,
Tonton, tonton, tontaine, tonton.
Aussi, vive la République !
Qui nous file un si doux coton,
Tonton, tontaine, tonton.

Qu'on marie ou que l'on baptise,
J'accroche quelque ducaton,
Tonton, tonton, tontaine, tonton.
Il faut me voir quand, à l'église,
Au lutrin je donne le ton,
Tonton, tontaine, tonton.

Quand monsieur le maire m'invite
A manger quelque rogaton,
Tonton, tonton, tontaine, tonton,
La servante en riant m'excite ;
Je fais rire le marmiton,
Tonton, tontaine, tonton.

A la cure, c'est autre chose ;
Je suis grave comme Pluton,
Tonton, tonton, tontaine, tonton.
Mais si comme un savant je pose,
Je mange et bois comme un glouton,
Tonton, tontaine, tonton.

Il faut m'ouïr quand, dans ma chaire,
Armé de mon petit bâton,
Tonton, tonton, tontaine, tonton,
Je pérore de ma voix claire,
Ou de ma voix de baryton,
Tonton, tontaine, tonton.

Mes yeux sont beaux ! qu'on me regarde,
Quand je parle de Marathon,
Tonton, tonton, tontaine, tonton,
De l'Empereur et de sa garde,
De César ou bien de Caton,
Tonton, tontaine, tonton.

Petit grimaud, n'as-tu pas honte ?
Tu t'amuses d'un hanneton,
Tonton, tonton, tontaine, tonton.
Quand moi, ton maître, je raconte
L'histoire du serpent Python,
Tonton, tontaine, tonton.

Près de la porte en pénitence,
Tiens-toi debout, comme un planton,
Tonton, tonton, tontaine, tonton,
Et ne fait pas de résistance,
Entends-tu bien ? Ou gare à ton...
Tonton, tontaine, tonton.

Si parfois l'été je sommeille,
A l'abri d'un large carton,
Tonton, tonton, tontaine, tonton,
Bien vite en sursaut je m'éveille,
Comme un chien piqué par un taon,
Tonton, tontaine, tonton.

Quand l'inspecteur vient en visite,
Pour ne point passer pour croûton,
Tonton, tonton, tontaine, tonton,
De tout mon savoir je débite
La bobine et le peloton,
Tonton, tontaine, tonton.

De durs compliments il m'accable,
Quoiqu'il soit doux comme un mouton,
Tonton, tonton, tontaine, tonton.
J'aimerais bien mieux voir le diable,
Que de son habit un bouton,
Tonton, tontaine, tonton.

Dès qu'il est loin, je me soulage
En fredonnant du mirliton,
Tonton, tonton, tontaine, tonton.
Je chante aux enfants du village,
Et même aux filles du canton :
Tonton, tontaine tonton.

Las d'être seul, je me marie,
Afin d'avoir un rejeton,
Tonton, tonton, tontaine, tonton,
Qui, comme moi, pour sa patrie,
Tiendra férule ou mousqueton,
Tonton, tontaine, tonton.

Le Facteur

Air *de la petite Margot.*

Ouvrez la porte,
Je vous apporte,
Dames, messieurs, les nouvelles du jour ;
Joie ou tristesse,
Perte ou richesse ;
La mort, la vie, ou la haine ou l'amour.

Ouvrez, je suis le facteur de la poste :
À mon habit de loin l'on me connaît.
Dans mon service, en courant, moi j'accoste
Grand et petit et savant et benêt.

A la fillette,
Un peu coquette,

En propres mains, avec discrétion,
Je sais remettre
Brûlante lettre :
C'est d'un galant la déclaration.

Chaque matin, au début de ma course,
Je vois venir à moi de gros banquiers,
Sautant d'un bond sur le cours de la Bourse :
Ils ne sont pas heureux, ces financiers ;

Car à leur mine,
Moi je devine,
Qu'ils sont en perte avec leurs actions ;
Que leurs affaires
Ne sont pas claires ;
Que bien souvent ils boivent des bouillons.

Venez, venez, nos hommes politiques,
De vos journaux mon sac est encombré ;
Venez aussi, mes meilleures pratiques,
Déchargez-moi de ce papier timbré,

Huissiers, notaires,
Hommes d'affaires,
Ces gros paquets vous vaudront de l'argent.
Pour tant de peines,
Lors des étrennes,
N'oubliez pas le facteur diligent.

Au commerçant, la plume sur l'oreille,
Je donne ici commande, échantillon ;
De prospectus j'inonde sa corbeille ;
Car chaque jour j'en ai provision :

>   Pour la potasse,
>   Pour la mélasse,
> Pour les liqueurs et les vins du midi ;
>   Pour la dentelle,
>   Pour la flanelle,
> Pour le cirage et le sucre candi.

Etudiant à la mine allongée,
On juge bien que ta bourse est à sec ;
Viens, je t'apporte une lettre chargée.
Ton estomac a besoin de bifteck.

>   Cette écriture,
>   Oui, je le jure,
> Mère affligée, est celle d'un soldat.
>   A vous il pense,
>   De son absence
> Consolez-vous, bientôt il reviendra.

Mauvais payeur, qu'on dit criblé de dettes,
Ce petit mot vient de ton créancier.
Je le vois bien, tes lèvres sont muettes ;
Tu me reçois comme on reçoit l'huissier

A ton affaire,
Que puis-je faire,
Il faut régler ses comptes en partant ;
Ne faire emplettes,
D'autres toilettes,
Que quand on peut payer argent comptant.

A celui-ci, je remets une note :
Ce sont les frais dus à son procureur.
Pour chicaner il vendrait sa culotte :
Triste métier que celui de plaideur.

Plus de carême,
C'est un baptême,
Qu'il faut fêter, car vous êtes parrain
D'une gentille
Petite fille,
D'un gros garçon dont le père est certain.

Dépêchez-vous, montez vite en carrosse,
Endossez tous vos plus riches habits :
Il faut aller sans retard à la noce ;
On vous appelle ; on vous mande à grands cris.

La demoiselle
Est jeune et belle,

Riche d'argent et puis riche surtout
De politesse,
De gentillesse,
De vertu même : on en parle beaucoup.

A vous, hélas ! mes bonnes gens, j'annonce
La mort d'un fils, d'un père ou d'un époux.
Des morts on n'a plus lettre ni réponse...
Non ; mais là-haut nous les reverrons tous.

Ouvrez la porte !
Je vous apporte,
Dames, messieurs, les nouvelles du sort :
Joie ou tristesse,
Perte ou richesse,
L'amour, la haine, ou la vie ou la mort !

Le Cabaretier

Air : *C'est le gros Thomas.*

Pourquoi m'éveiller ?
Me prend-on pour un mercenaire ?
Moi, sans travailler,
Je prétends gagner mon salaire.
A d'autres tout le jour
Bœufs, chevaux et labour.
A moi billard, verre et bouteille,
Et jeu de cartes sous la treille !
Ah ! quel doux métier,
D'être cabaretier !

Toujours malheureux,
Quoique nageant dans la fortune,
Tremblant comme un gueux,
A tout mouvement de la lune,

Mon avare voisin
Hait le jus du raisin.
A lui cidre et pommes de terre !
A moi bon vin et bonne chère !
Ah ! quel doux métier,
D'être cabaretier !

J'ai le teint fleuri
Comme un bon bourgeois de la ville ;
Je suis bon mari ;
Pour l'état ma femme est habile.
Seigneur dans ma maison,
J'ai servante et garçon,
Qui ne coûtent rien au ménage :
Ils ont leurs épingles pour gage.
Ah ! quel doux métier,
D'être cabaretier !

Du matin au soir,
J'ai pour clients des camarades,
Qui me font asseoir
Et trinquer en versant rasades.
Par générosité,
Si je n'ai pas compté
L'absynthe ou bien le pousse-bière,
On consomme la nuit entière.
Ah ! quel doux métier,
D'être cabaretier !

Si je vois venir
Le commissaire de police,
Je le fais bénir,
Si bien que sous la table il glisse...
De contravention,
Il n'est plus question.
Il dit même à son chef de file,
Que chez moi tout est fort tranquille.
Ah ! quel doux métier,
D'être cabaretier !

Je sais les caquets,
Je connais toutes les nouvelles ;
Les meilleurs paquets
Se font souvent sous mes tonnelles.
En buvant un bon coup,
On peut causer beaucoup.
Je suis, grâce à mainte pratique,
Au courant de la politique.
Ah ! quel doux métier,
D'être cabaretier !

Si quelque couplet
Parfois égaye encor le monde,
Dans mon cabaret
On le chante sans que je gronde.
Souvent la vérité
Qu'on dit avec gaité,

Même avec un brin de scandale,
Vaut une leçon de morale.
     Ah ! quel doux métier,
D'être cabaretier !

L'Avocat de Village

A mes anciens et chers confrères du
barreau de Besançon.

AIR *à faire.*

Non, je ne suis point patenté.
Le barreau ni la faculté
Ne reconnaissent mon mérite.
Pourtant, lettre grosse ou petite,
Je lis tout ; à travers les lois,
De chacun je trouve les droits ;
Mais de moi l'on dit, je le gage :
C'est un avocat de village !

Tous les huissiers de nos cantons
Trouvent que mes conseils sont bons.

Et que ma vieille expérience
Vaut presque autant que leur science.
D'un vieux juge du tribunal,
Je suis l'ami très-cordial ;
Mais de moi l'on dit, je le gage :
C'est un avocat de village !

Vous ne voulez pas égorger
Un mari qu'on ne peut ranger.
Eh bien ! pour vivre à votre guise,
Vous pouvez, épouse incomprise,
De cet objet d'affliction
Obtenir séparation ;
Mais de moi l'on dira, je gage :
C'est un avocat de village !

Pour vous, j'ai des témoins nombreux,
Qui disent tout ce que je veux.
A vos vertus rendant hommage,
Ils rendront aussi témoignage
De ce que votre homme imparfait
A fait et même n'a pas fait ;
Mais de moi l'on dira, je gage ;
C'est un avocat de village !

Débiteur, qu'un dur créancier
Pourchasse à pas de cuirassier,

Pour arrêter une poursuite,
Je sais la règle de conduite
Qu'on peut suivre à l'occasion :
Opposez la prescription ;
Mais de moi l'on dira, je gage :
C'est un avocat de village !

Avez-vous sur votre voisin,
Votre frère ou votre cousin,
Usurpé, sans trop de mystère,
Quelque petit lopin de terre ?
D'an et jour, sans aversion,
Invoquez la possession ;
Mais de moi l'on dira, je gage :
C'est un avocat de village !

Vous a-t-on, sur votre crédit,
Prêté quelque argent sans écrit ?
En justice on vous le réclame !
Jurez bien haut, et sur votre âme,
Que l'adversaire est un vaurien,
Et que vous ne lui devez rien !
Mais de moi l'on dira, je gage :
C'est un avocat de village !

Un orphelin a des écus,
Avec d'importants revenus.

Allons, sans faire le rebelle,
Acceptez vite sa tutelle.
Je vous apprendrai, comme un jeu,
A tirer les marrons du feu ;
Mais de moi l'on dira, je gage :
C'est un avocat de village !

Un gendre ne vous aime pas :
Il souhaite votre trépas !
Pour corriger ce cœur cupide,
Père, prenez la loi pour guide :
Déshéritez-moi promptement
Votre fille par testament ;
Mais de moi l'on dira, je gage :
C'est un avocat de village !

De chez lui, quelqu'un peut-il voir,
Lorsque vous vous couchez le soir,
De votre bonnet blanc la flamme,
Ou les mollets de votre femme ?
Faites vite un mur, croyez-moi,
A la distance de la loi ;
Mais de moi l'on dira, je gage :
C'est un avocat de village !

Au palais je suis très connu :
J'y suis toujours le bien-venu.

Dès qu'un papier sort de ma poche,
A moi chaque avoué s'accroche.
Tous, croyant que c'est pour leur nez,
M'offrent de succulents dinés ;
Mais ils disent de moi, je gage :
C'est un avocat de village !

Bon Dieu ! de combien de procès
J'ai su garantir le succès !
Mais que de démarches secrètes !
Que de visites indiscrètes !
Que d'avis désintéressés !
Que de soins mal récompensés !
Je mourrai gueux, oui, je le gage.
Ah ! pauvre avocat de village !

Oui, quand ce chicaneur mourra,
Sans le pleurer chacun dira :
Il ne rêvait que plaie et bosse ;
Enfin, le voilà dans la fosse !
Qu'il y reste à jamais inclus !
Aux revenants on ne croit plus ;
Mais nous reverrons, je le gage,
Souvent *l'avocat de village !*

Le Tribun du Village

« Et plus ça change,
et plus c'est la même chose. »
(ALPHONSE KARR.)

AIR : *Femmes voulez-vous éprouver.*

Dans la salle du cabaret,
Après avoir lu la gazette,
Souvent un orateur paraît,
Dont le vin échauffe la tête.
« Mes amis, dit-il fièrement,
Avec une sublime pose :
On change de gouvernement ;
Mais c'est toujours la même chose !

On nous disait que les impôts,
Grâce à beaucoup d'économie,
A l'avenir seraient moins gros :
On le crut avec bonhomie.

3

Mais on nous vend bien chèrement
De gros tabac la moindre dose.
On change de gouvernement ;
Mais c'est toujours la même chose !

On nous disait que les faveurs
Ne seraient que pour le mérite ;
Qu'on redresserait les erreurs ;
Que l'on changerait de conduite ;
Mais pour ce monde apparemment
Il n'est point de métamorphose :
On change de gouvernement ;
Mais c'est toujours la même chose !

On disait que la liberté
Allait, grâce à la République,
Fleurir avec l'égalité,
Sous un régime pacifique.
Mais on est mené durement,
Pour peu que sans gêne l'on glose.
On change de gouvernement ;
Mais c'est toujours la même chose !

Si des affaires à son tour,
Mon parti peut être le maître,
Vous pourrez dire : Ah! quel beau jour !
Le monde entier s'en va renaître ! »

Mais un sceptique doucement
Répond : « C'est bien en vain qu'il cause.
On change de gouvernement ;
Mais c'est toujours la même chose ! »

L'Écrivain public

AIR : *Que ne suis-je la fougère.*

Vous qui ne savez pas lire,
Bonnes gens, venez à moi.
Voyons, que faut-il écrire ?
J'écrirai n'importe quoi,
Entrez, voici ma demeure,
Près de la halle au trafic.
Mon bureau s'ouvre à toute heure :
Je suis l'écrivain public.

Ainsi que ceux d'un notaire,
Tous mes papiers sont discrets ;
Je suis le dépositaire
D'un grand nombre de secrets.

Tour à tour, moi, je puis être
Avocat, docteur, syndic ;
Pour confesser, aucun prêtre
Ne vaut l'écrivain public.

Fils, père ou mère, oncle ou tante,
A moi souvent ont recours ;
Du troupier, de la servante
Je sers les pauvres amours.
Du succès de leur missive,
Je leur fais bon pronostic,
Et leur gratitude vive
Est pour l'écrivain public.

Au chef de la République,
Au Pape comme au Préfet,
J'adresse plainte ou supplique,
Qui fait toujours bon effet.
Je sais comme on doit s'y prendre
Pour toucher un porc-épic.
Si je vous dis d'être tendre,
Croyez l'écrivain public.

Parfois, de mon bon office,
Abuse un méchant esprit.
Il s'en vient avec malice
Me dicter un noir écrit.

C'est une lettre anonyme
Qu'on signe Arthur, Frédéric ;
Mais je n'ai point part au crime :
Je suis l'écrivain public.

Telle est donc ma destinée.
Pour des sages, pour des fous,
J'écris dans une journée
Injures et billets doux.
Ma plume toujours distille
Du baume ou de l'arsenic,
Pour la campagne ou la ville :
Plaignez l'écrivain public.

L'humanité tout entière
Progresse dans le savoir ;
Mais je poursuis ma carrière
Sans trop m'en apercevoir.
Le monde ne vaut, je pense,
Pas mieux qu'au temps d'Alaric.
Longtemps encor l'ignorance
Paîra l'écrivain public.

Monsieur le Maire

Air *du Garde-Champêtre*.

Tâchons d'être un peu circonspect.
Quel est cet homme qu'on salue,
Avec un très-profond respect,
Dès qu'il se montre dans la rue ?
Quoi ! vous ne le connaissez pas ?
Il est pourtant fort populaire ;
Chacun doit lui céder le pas.
Ce Monsieur, c'est Monsieur le Maire !

A l'église un banc réparé
Avec des formes plus nouvelles,
Semble plus large et mieux ciré
Que ceux du commun des fidèles.

Ici même on a des égards
Envers un si grand dignitaire.
Ce banc qui frappe les regards,
C'est le banc de Monsieur le Maire.

Quelle est cette grosse maison
Dont on admire la façade ?
On vient, en guise d'écusson,
Au grand bruit d'une sérénade,
D'y planter arbre enrubanné,
En l'honneur du propriétaire.
Cette maison, j'ai deviné,
C'est celle de monsieur le Maire.

Ce tas de bois dans la forêt
Parmi les autres se remarque.
De meilleure essence, on dirait
Qu'on l'a choisi pour un monarque.
Honneur aux agents forestiers !
Ils connaissent leur formulaire.
Ce tas de bois tout de quartiers,
C'est le bois de monsieur le Maire.

Le maire est un bon citoyen
Qui mérite la confiance.
Il a, comme on dit, le moyen ;
Des lois il connaît la science.

Pour avoir un renseignement
Sur un homme ou sur une affaire,
Juge ou préfet peut surement
S'adresser à monsieur le Maire.

Nous allons donner nos boudins.
Notre table sera complète.
Tous nos amis, tous nos cousins
Seront invités à la fête.
On boira blanc, rouge et clairet ;
Mais un convive nécessaire
Assurément nous manquerait,
Si nous n'avions monsieur le Maire.

Il préside à tous nos repas
D'enterrement, noce ou baptême.
Sans lui l'on ne fêterait pas
Carnaval ou la mi-carême.
Il est d'ailleurs si comme il faut ;
Il est si gai, si débonnaire.
Comme buveur nul ne le vaut .
Aussi, vive monsieur le Maire !

Le Conscrit

AIR : *Gai ! gai ! marions-nous !*

Gai ! gai ! je suis conscrit !
La jeunesse
Vaut richesse !
Gai ! gai ! je suis conscrit !
Conscrit chante, conscrit
Rit !

Du plaisir suivant les lois,
Par le monde,
A la ronde,
Jour et nuit je cours, je bois :
On n'a pas vingt ans deux fois !

Gai ! gai ! je suis conscrit !
La jeunesse
Vaut richesse !
Gai ! gai ! je suis conscrit !
Conscrit chante, conscrit
Rit !

J'excite en vain chaque jour
La colère
De mon père ;
Et ma mère, avec amour,
En vain me gronde à son tour.

Gai ! gai ! je suis conscrit !
La jeunesse
Vaut richesse !
Gai ! gai ! je suis concrit !
Conscrit chante, conscrit
Rit !

En vain l'on supprimerait
De ma bourse
La ressource.
Comment tenir mon arrêt ?
J'ai crédit au cabaret.

Gai ! Gai ! je suis conscrit !
La jeunesse
Vaut richesse !

Gai! gai! je suis conscrit!
Conscrit chante, conscrit
Rit!

Pour payer le tavernier
Et ses filles
Si gentilles,
J'ai pris depuis l'an dernier
Mon tribut dans le grenier.

Gai! gai! je suis conscrit!
La jeunesse
Vaut richesse!
Gai! gai! je suis conscrit!
Conscrit chante, conscrit
Rit!

Maîtresse, retiens tes pleurs,
Viens, Jeannette,
Sur ma tête
Attacher rubans et fleurs
Aux plus brillantes couleurs.

Gai! gai! je suis conscrit!
La jeunesse
Vaut richesse!
Gai! gai! je suis conscrit!
Conscrit chante, conscrit
Rit!

Demain monsieur le Préfet,
Les gendarmes,
Sous les armes,
Verront d'un œil satisfait
Un conscrit pas trop mal fait !

Gai ! gai ! je suis conscrit !
La jeunesse
Vaut richesse !
Gai ! gai ! je suis conscrit !
Conscrit chante, conscrit
Rit !

Si l'on nous arme soldats,
Camarades,
Nos rasades
Ne nous empêcheront pas
D'être braves aux combats !

Gai ! gai ! je suis conscrit !
La jeunesse
Vaut richesse !
Gai ! gai ! je suis conscrit !
Conscrit chante, conscrit
Rit !

Le Berger du Village

AIR : *Femmes voulez-vous éprouver.*

Je n'eus jamais d'argent mignon ;
Je n'ai pas un pouce de terre.
Si mon métier n'est pas fort bon,
C'est du moins celui de mon père.
Tous les jours, quand le temps est beau,
Sur le coteau du voisinage,
Je conduis mon petit troupeau :
C'est moi le berger du village.

Pour famille, j'ai mon vieux chien,
Qui partage mon indigence.
Quoiqu'il soit laid, je l'aime bien :
Il montre tant d'intelligence.

Sur la paille, à mes pieds, sans bruit,
Il dort, comme un enfant bien sage.
D'ailleurs jamais voleur de nuit
N'en veut au berger du village.

Dans la commune bien des gens,
Plus forts que moi sur la grammaire,
Me paraissent très-mécontents :
Ils en veulent à notre maire.
Je n'ai d'ennemis que les loups
Rôdant autour du pâturage,
Et personne au moins n'est jaloux
Du pauvre berger du village.

Bien des fois on m'a proposé
D'être en ville un beau domestique ;
Mais sans regret j'ai refusé :
J'aime mieux mon habit rustique.
Le sort, dit-on, comble les vœux
D'un audacieux personnage ;
Moi, sans ambition, je veux
Rester berger de mon village.

J'ai déjà passé la saison
Et des rêves et des folies ;
Je dois borner mon horizon
A l'horizon de nos prairies ;

Vivre jusqu'à mes derniers jours,
Comme je vivais au jeune âge,
Au milieu du troupeau toujours
Et mourir berger du village,

Lorsque le bon Dieu le voudra,
Je déposerai ma houlette.
Comme un père il me jugera :
Qu'en tout sa volonté soit faite !
J'espère bien qu'au paradis,
Pour toujours sa bonté ménage
Une place à tous les petits,
Ainsi qu'au berger du village.

Le Violon du Village

AIR *des Cancans.*

Sans être musicien,
Quand il le faut je sais bien
Mettre en train un rigodon,
Au son de mon violon.

Sautez-ci, sautez-là,
Trala, trala, tralala ;
Sautez-ci, sautez-là :
La mesure, la voilà !

Ce jour, c'est fête au hameau :
Vite, accourez sous l'ormeau.
Nul ici n'est compromis ;
La danse est plaisir permis.

Sautez-ci, sautez-là,
Trala, trala, tralala ;
Sautez-ci, sautez-là :
La mesure, la voilà !

Foulez, filles et garçons,
De vos pas ces verts gazons,
Où vos papas, à vingt ans,
Faisaient danser vos mamans.

Sautez-ci, sautez-là,
Trala, trala, tralala ;
Sautez-ci, sautez-là,
La mesure, la voilà !

J'ai l'œil plus sûr qu'un devin,
Et je gage que Sylvain,
Dans peu, malgré son poil roux,
Jeanne, sera ton époux.

Sautez-ci, sautez-là,
Trala, trala, tralala ;
Sautez-ci, sautez-là,
La mesure, la voilà !

De ce jeune instituteur,
J'admire la belle ardeur.
Laure, s'il t'offre le bras,
Accepte et ne lâche pas.

Sautez-ci. sautez-là,
Trala, trala, tralala ;
Sautez-ci, sautez-là,
La mesure, la voilà !

La fille du gros fermier,
Qui frise bien son fumier,
En danse avec Jean se met :
Crois-moi, Jean, cela promet.

Sautez-ci, sautez-là,
Trala, trala, tralala ;
Sautez-ci, sautez-là :
La mesure, la voilà !

Voici le grand Jean-Denys,
Qu'on dit le coq du pays.
Vous lui faites les yeux doux :
Filles, prenez garde à vous.

Sautez-ci, sautez-là,
Trala, trala, tralala ;
Sautez-ci, sautez-là :
La mesure, la voilà !

Philippine, osez-vous bien
Danser avec ce vaurien ?
Faites-vous lâcher le bras
Par ce faiseur d'embarras.

Sautez-ci, sautez-là,
Trala, trala, tralala ;
   Sautez-ci, sautez-là :
La mesure, la voilà !

Voyez le vieux sans-souci
Qui vient pour danser aussi.
Sa perruque est de travers
Et sa raison à l'envers.

   Sautez-ci, sautez-là,
Trala, trala, tralala ;
   Sautez-ci, sautez-là,
La mesure, la voilà !

Gertrude a bien cinquante ans ;
Car elle n'a plus de dents ;
Mais la danse est un plaisir
Qui va la ragaillardir.

   Sautez-ci, sautez-là,
Trala, trala, tralala ;
   Sautez-ci, sautez-là :
La mesure, la voilà !

L'hypocrite n'ose pas
Hasarder ici le pas ;
Mais à Sophie, en un coin,
Il fait la cour sans témoin.

Sautez-ci, sautez-là,
Trala, trala, tralala ;
Sautez-ci, sautez-là :
La mesure, la voilà !

Voici, me dit-on, le soir.
A-t-on tant besoin d'y voir ?
Les derniers qui danseront,
En partant s'embrasseront.

Sautez-ci, sautez-là,
Trala, trala, tralala ;
Sautez-ci, sautez-là :
La *finale*, la voilà !

Le Gagne-petit

AIR *de la Treille de sincérité*.

Sans mollesse,
Tourne sans cesse,
Que rien n'interrompe ton cours !
Va, ma meule, tourne toujours ! (Bis.)

Gai rémouleur, moi je repasse
Couteau, canif, ciseaux, rasoir ;
Je suis installé sur la place
Depuis le matin jusqu'au soir. (Bis.)
Donnez, messieurs, donnez, mesdames;
J'aime l'ouvrage et dans l'instant
Je vais de vos plus vieilles lames,
Faire instruments neufs, en chantant :

Sans mollesse,
Tourne sans cesse,
Que rien n'interrompe ton cours !
Va, ma meule, tourne toujours ! (Bis.)

Au gré du hasard où que j'aille,
Je trouve des clients nombreux.
A bon marché si je travaille,
En travaillant je vis heureux.
Quand j'ai satisfait la pratique,
D'un endroit je vais au plus près ;
Sur mon dos portant ma boutique,
Je déménage à peu de frais.

Sans mollesse,
Tourne sans cesse,
Que rien n'interrompe ton cours !
Va, ma meule, tourne toujours ! (Bis.)

Le travail et l'économie
Me permettront, j'espère, un jour
De choisir une bonne amie
Que j'épouserai par amour.
Si des enfants Dieu nous envoie,
De bonne heure j'aurai souci
De leur apprendre qu'avec joie
Leur devoir est de dire aussi :

Sans mollesse,
Tourne sans cesse,
Que rien n'interrompe ton cours!
Va, ma meule, tourne toujours ! (Bis.)

Les Cultivateurs

Autrefois et aujourd'hui.

Poignez vilain, il vous oindra ;
Oignez vilain, il vous poindra.

———

Air du roi Dagobert.

Des seigneurs et des rois
Nous étions les serfs autrefois.
Dîme, corvée, impôts,
On chargeait tout sur notre dos.
Rien d'assez pesant
Pour un paysan !
On mangeait nos œufs,
On prenait nos bœufs.
Pitié, mes beaux seigneurs,
Pour ces pauvres cultivateurs !

Les révolutions
Nivelant les conditions,
Des bourgeois parvenus
Fermiers nous sommes devenus.
Mais, soucis cuisans,
Il faut tous les ans,
Pour payer le bail,
Vendre le bétail.
Pitié, mes beaux seigneurs,
Pour ces pauvres cultivateurs !

Nos maîtres ruinés
Par le luxe et les bons dînés,
Ne font plus les méchants :
Ils pensent à vendre leurs champs.
La propriété
Faisait leur fierté.
Nous avons des sous,
La terre est à nous.
Chapeau bas ! messeigneurs,
Saluez les cultivateurs !

TABLE

DOLE. — IMP. BLUZET-GUINIER.

DOLE. — IMP. BLUZET-GUINIER